LE COUP DU LAPIN 2

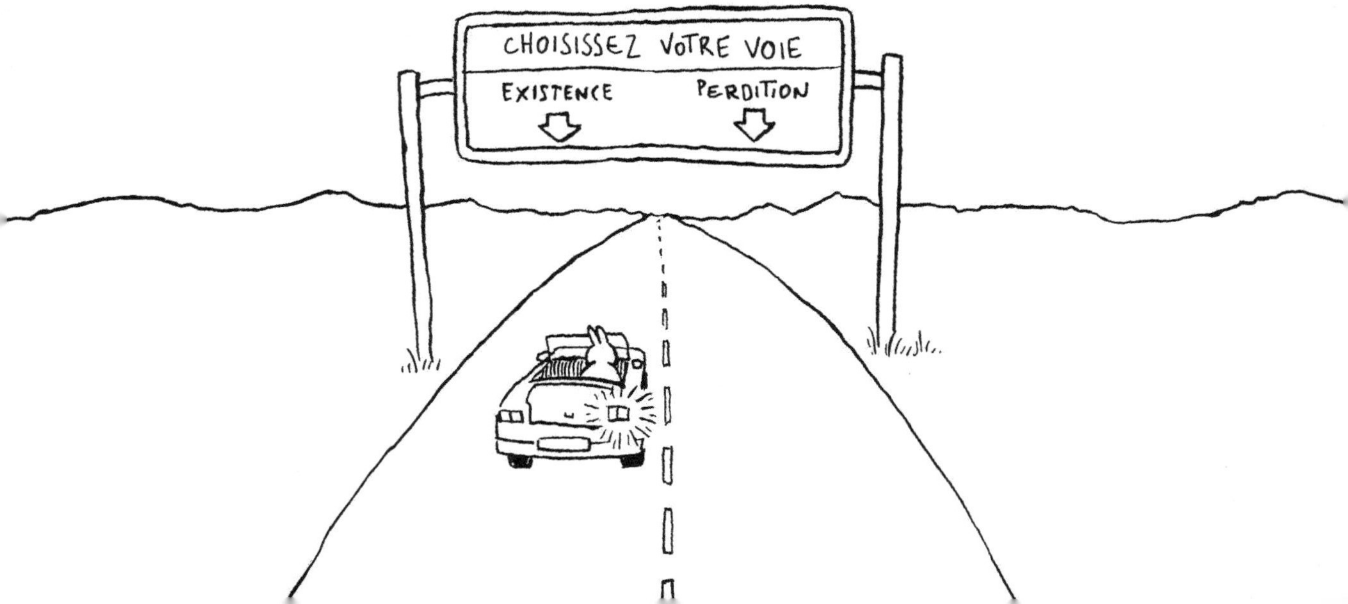

VALEAS MUNDUM

ANDY RILEY EST L'AUTEUR DE "TRIGGER HAPPY TV", "SO GRAHAM NORTON" ET "SMACK THE PONY". IL EST LE CO-AUTEUR DE "ROBBIE THE REINDEER", DU JEU "THE 99p CHALLENGE" ET D'UN FILM D'ANIMATION "GNOMEO AND JULIET". IL PUBLIE AUSSI CHAQUE SEMAINE UNE BANDE DESSINÉE DANS LE MAGAZINE OBSERVER. ANDY EST L'AUTEUR DU BEST-SELLER LE COUP DU LAPIN.

LE COUP DU LAPIN 2

ANDY RILEY

Chiflet&Cie

DÉPARTEMENT DE HUGO&Cie
38, RUE LA CONDAMINE - 75017 PARIS
www.hugoetcie.fr

ISBN : 978-2-35164-036-4

REMERCIEMENTS À

KEVIN CECIL, ARTHUR MATHEWS, POLLY FABER, CAMILLA HORNBY, KATY FOLLAIN ET L'ÉQUIPE DE HODDER & STOUGHTON, FREYA AYRES, DAVID AYRES.

DVD
DVD
OPEN/
CLOSE

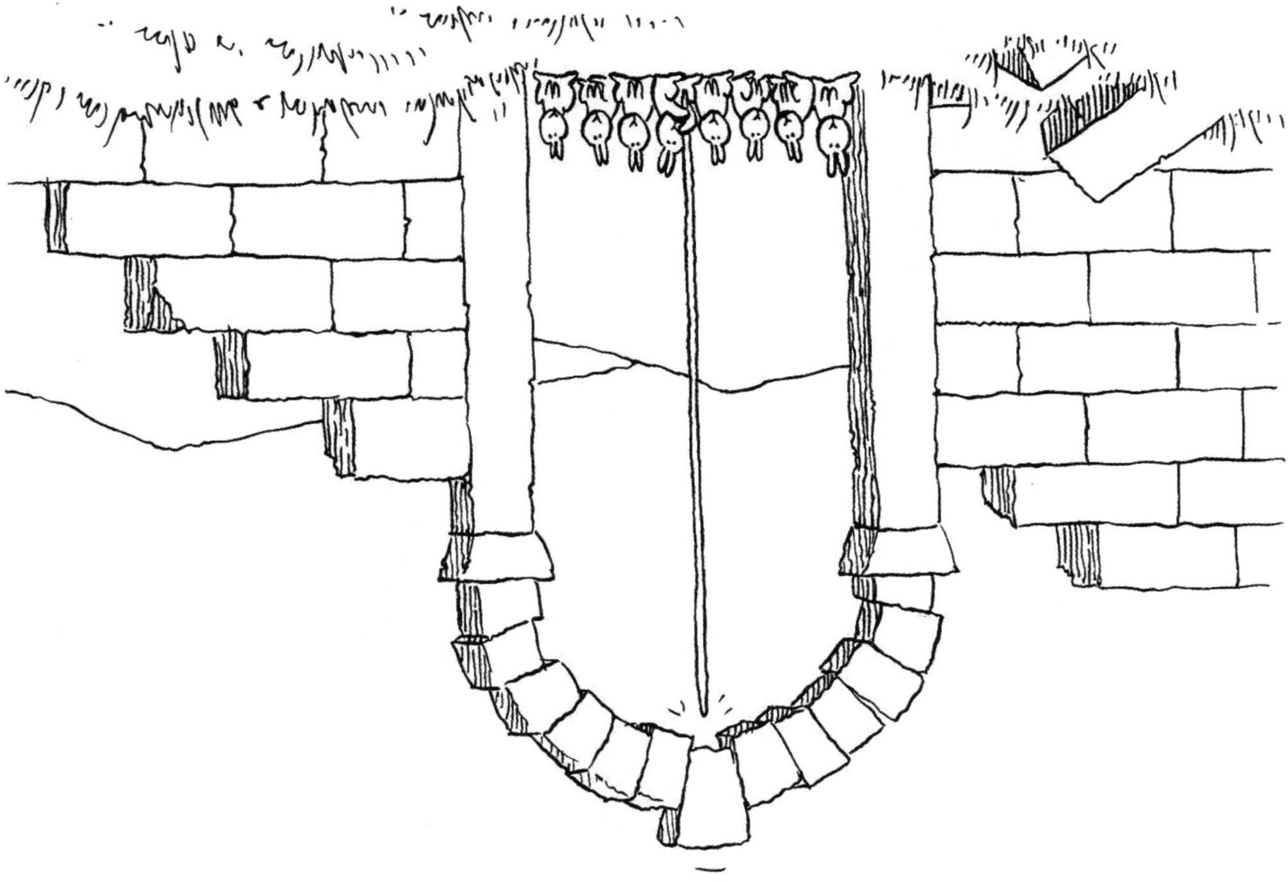

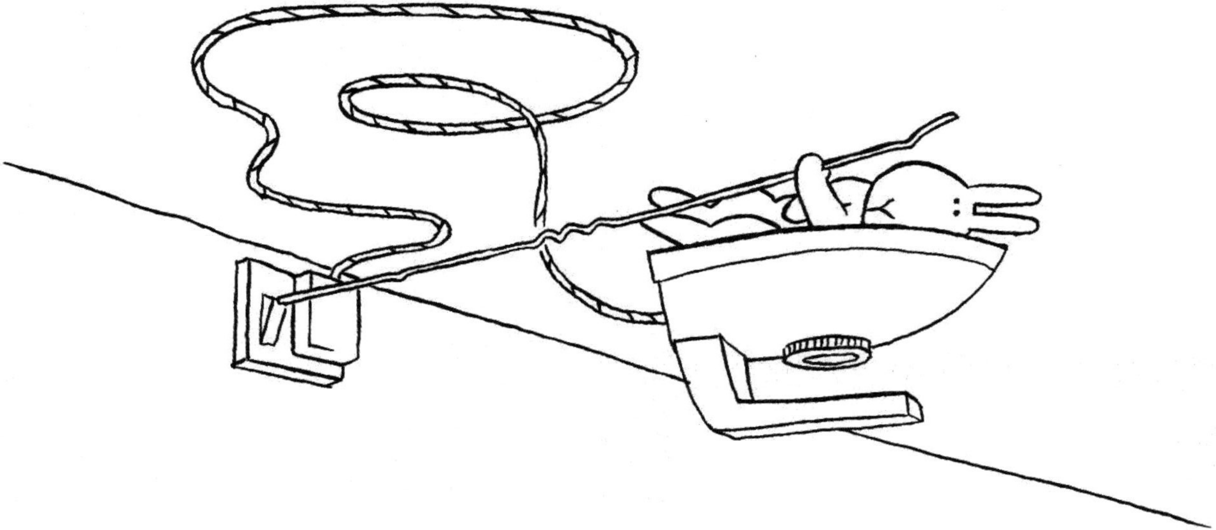

TK
TK
TK
TK
TK
TK
TK
LIVRES EN LIGNE
HARRY POTTER ET L'ORDRE DU PHOENIX
COUVERTURE CARTONNÉE
766 PAGES
AJOUTER AU PANIER ?
OUI
TK
TK
TK
TK
TK
TK
TK

WHUMP

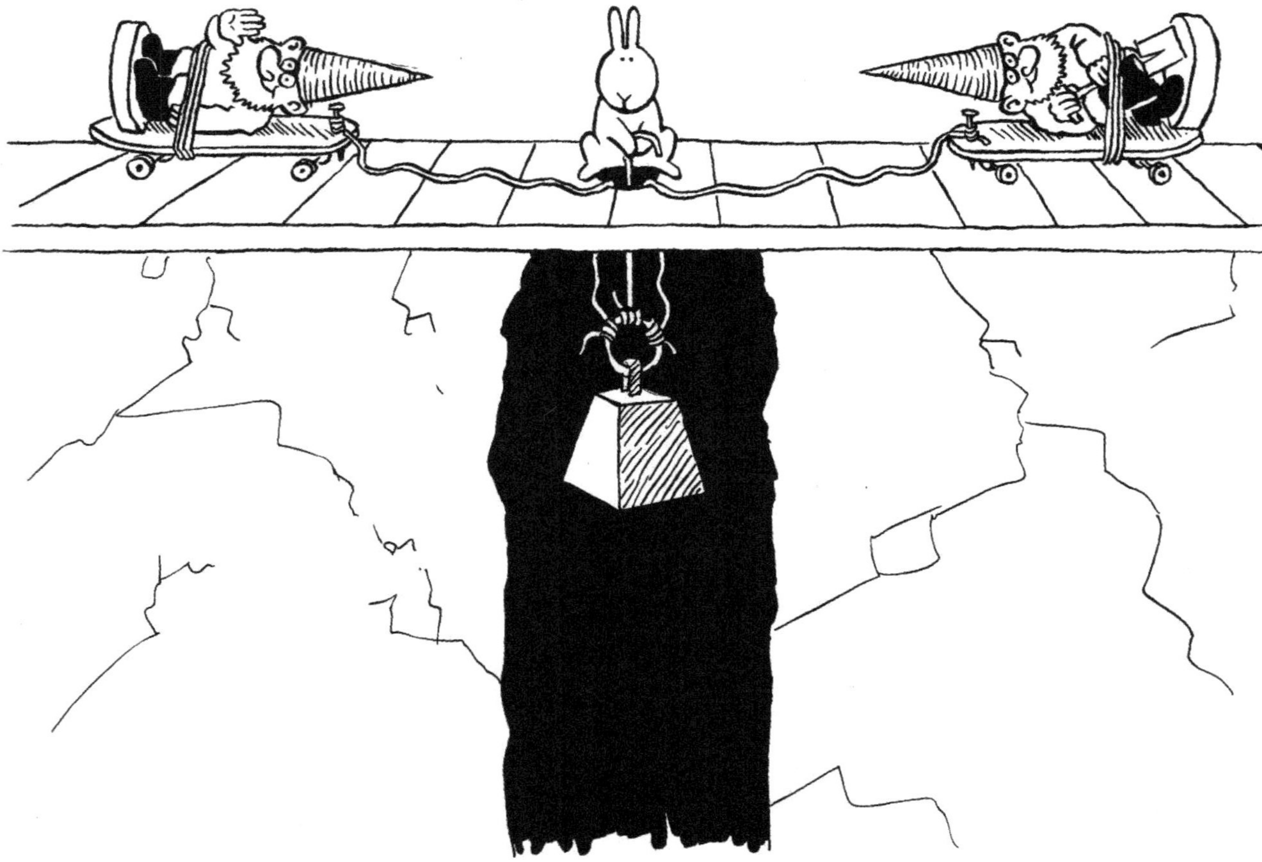

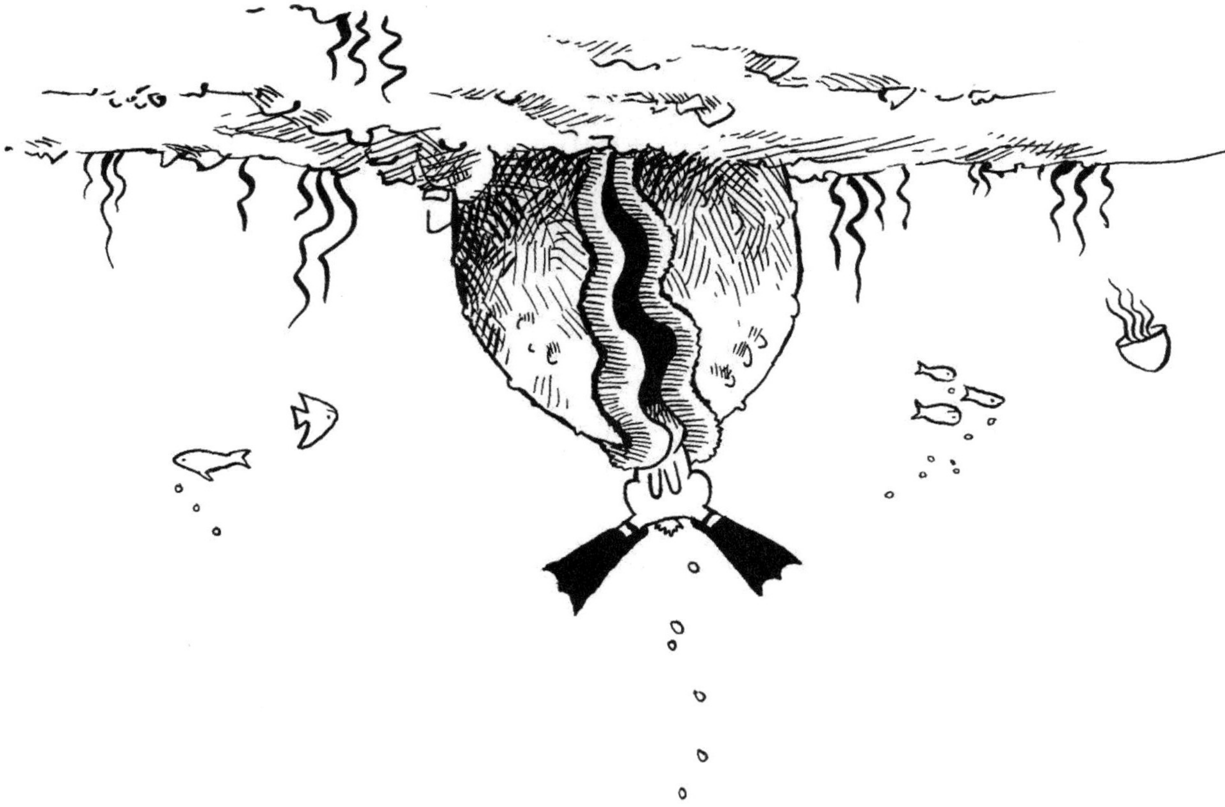

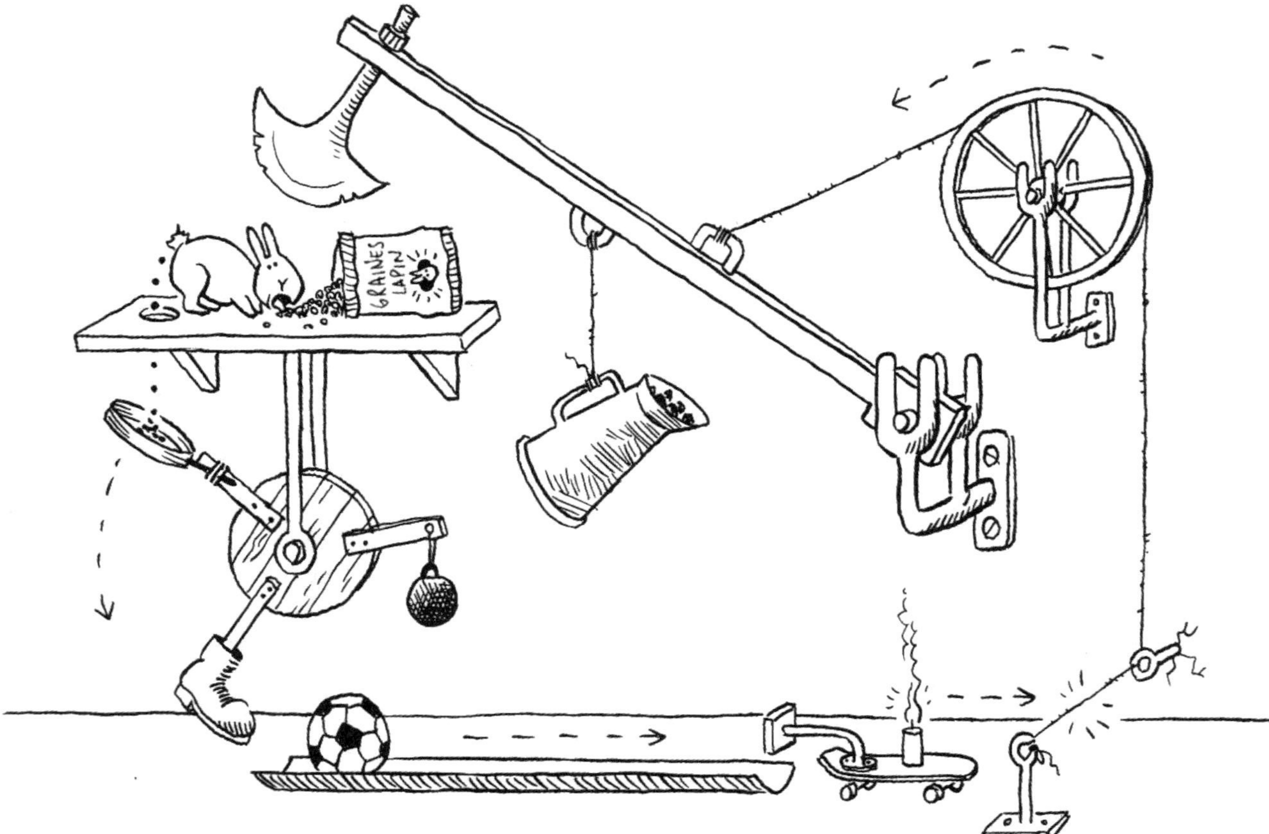
GRAINES LAPIN

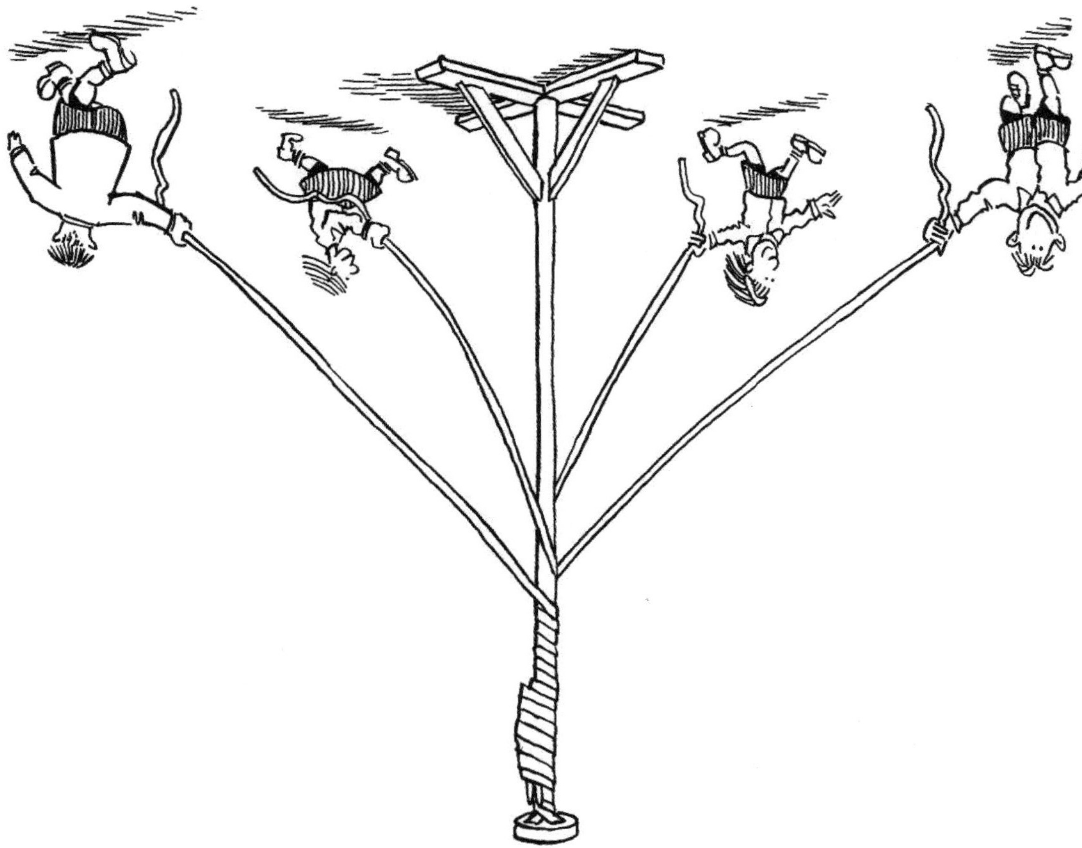

BING BONG
SARAH CONNOR?

SARAH CONNOR
SARAH CONNOR

> CIBLE:
SARAH CONNOR
> INDIVIDU EXTERMINÉ:
ECHEC
ECHEC
ECHEC
> CHOISIR OPTION
> A: INFORMER AUTRES MECHANTS ROBOTS
> B: ESSAYER DE NE PAS Y PENSER
OPTION B SÉLECTIONNÉE
Y'A QUELQU'UN ?
???
DÉSOLÉE. J'ÉTAIS À LA CAVE

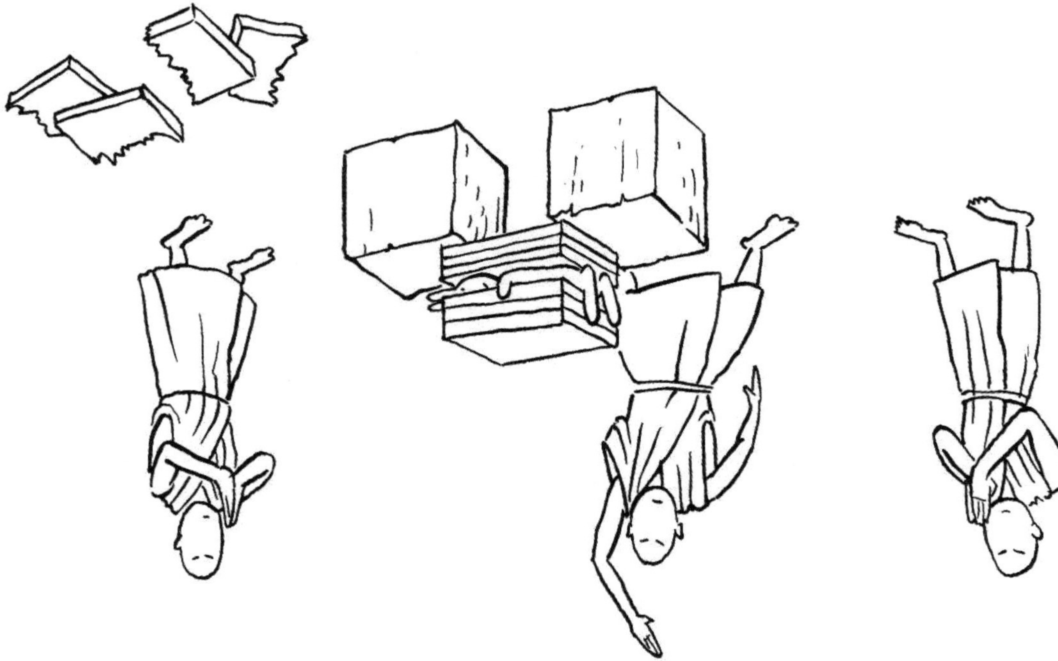

HOLLYWOOD

HOLLY OOD

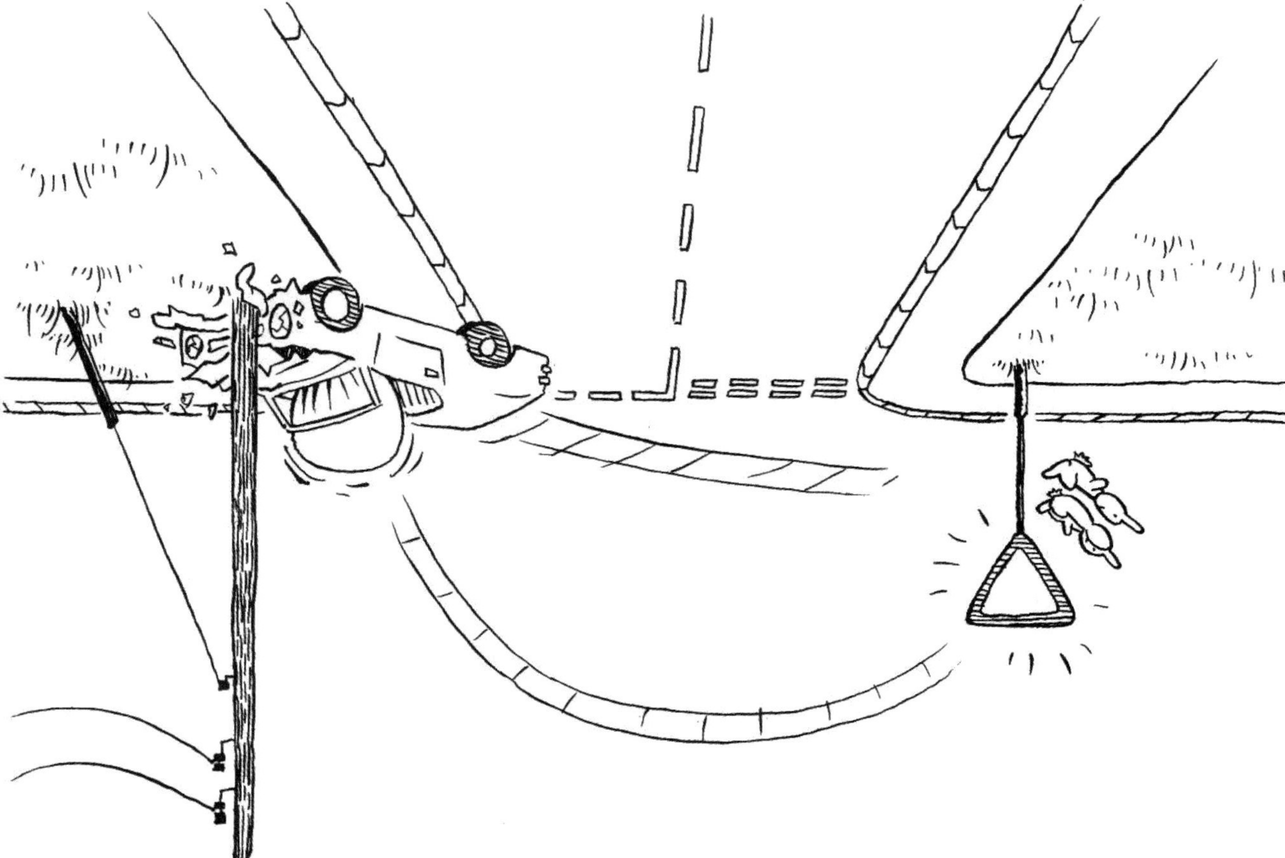

P

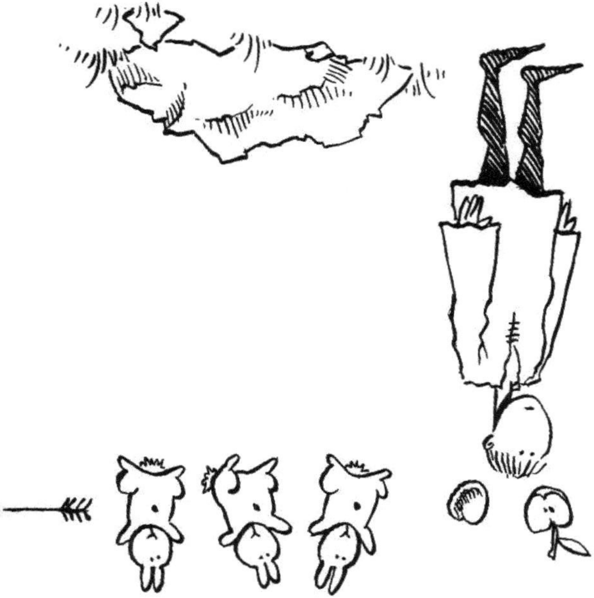

CLOUS
(200)
CLOUS
(200)

24 x 500 mL
24 x 500 mL
24 x 500 mL

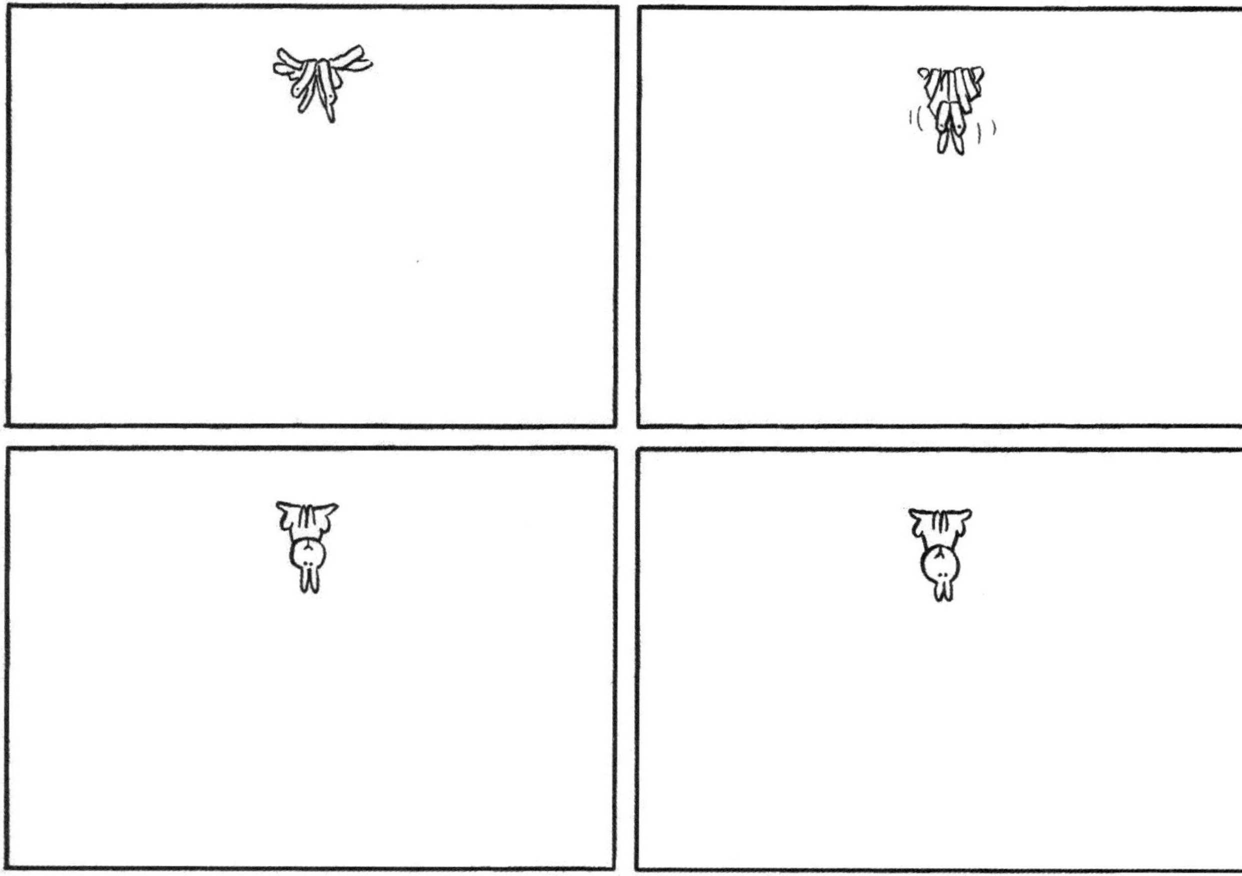

PETROL

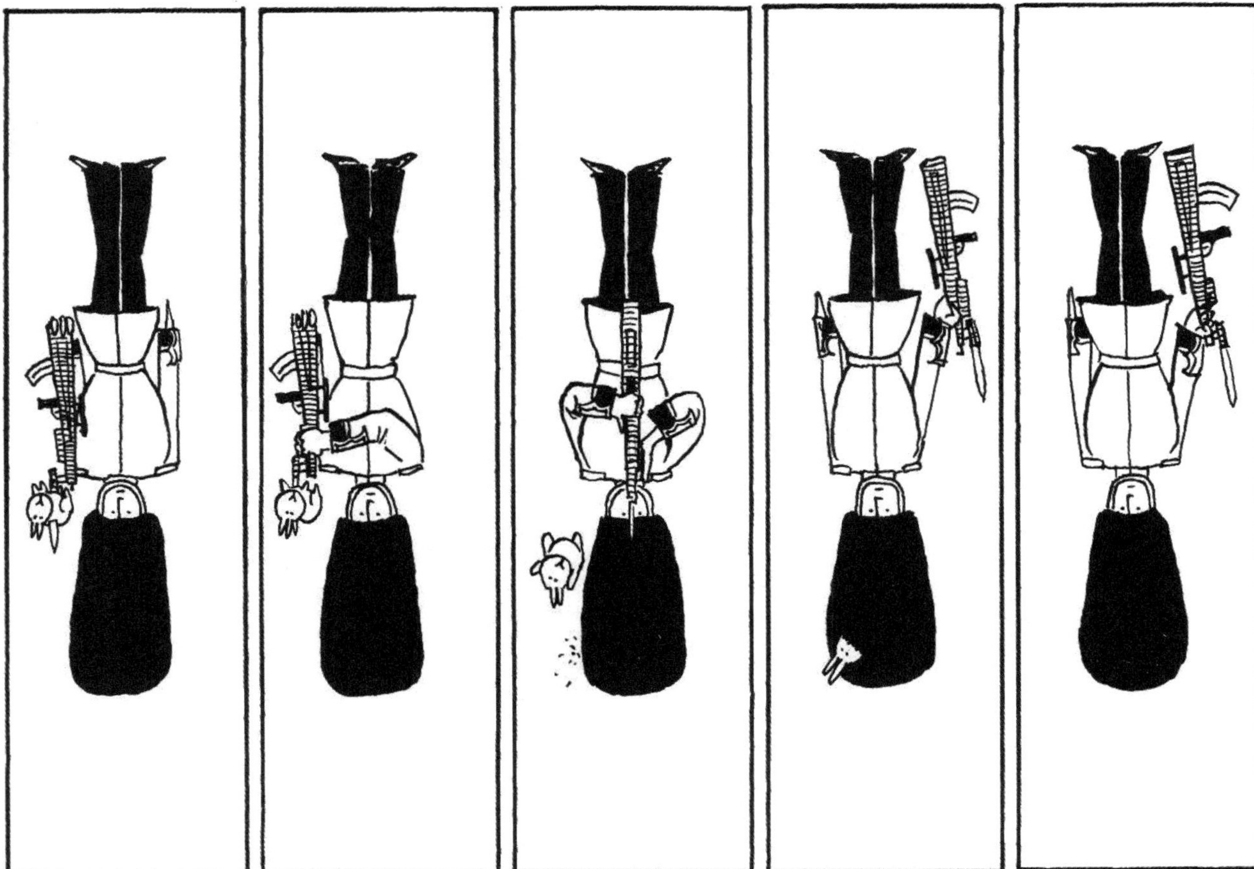

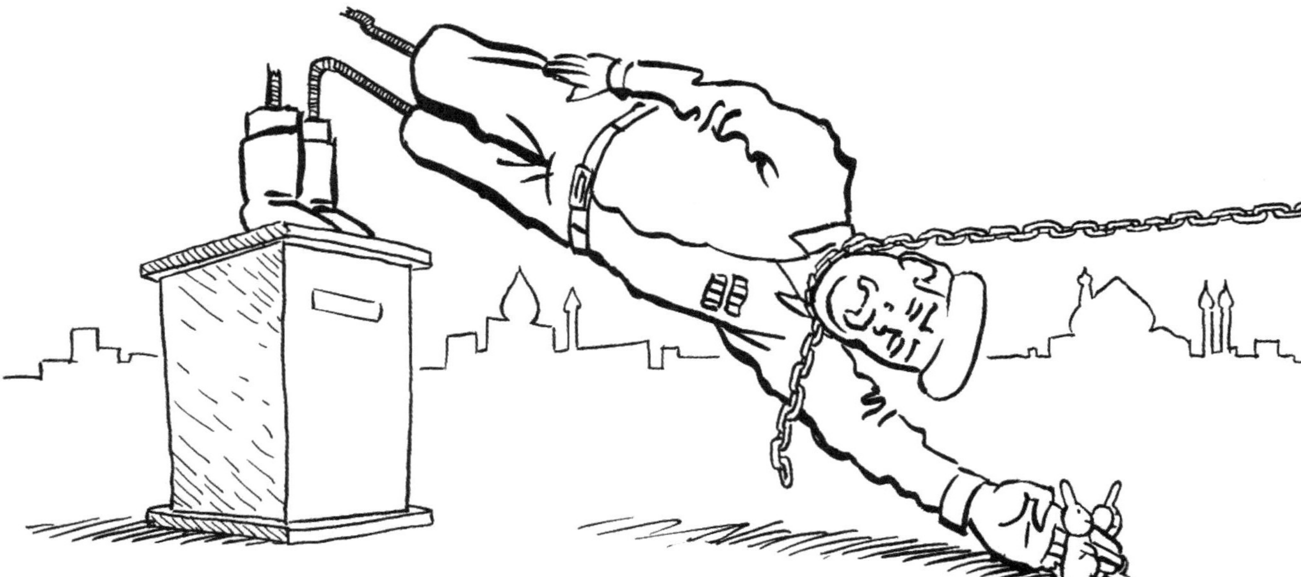

ATTENTION
=
LEMMINGS

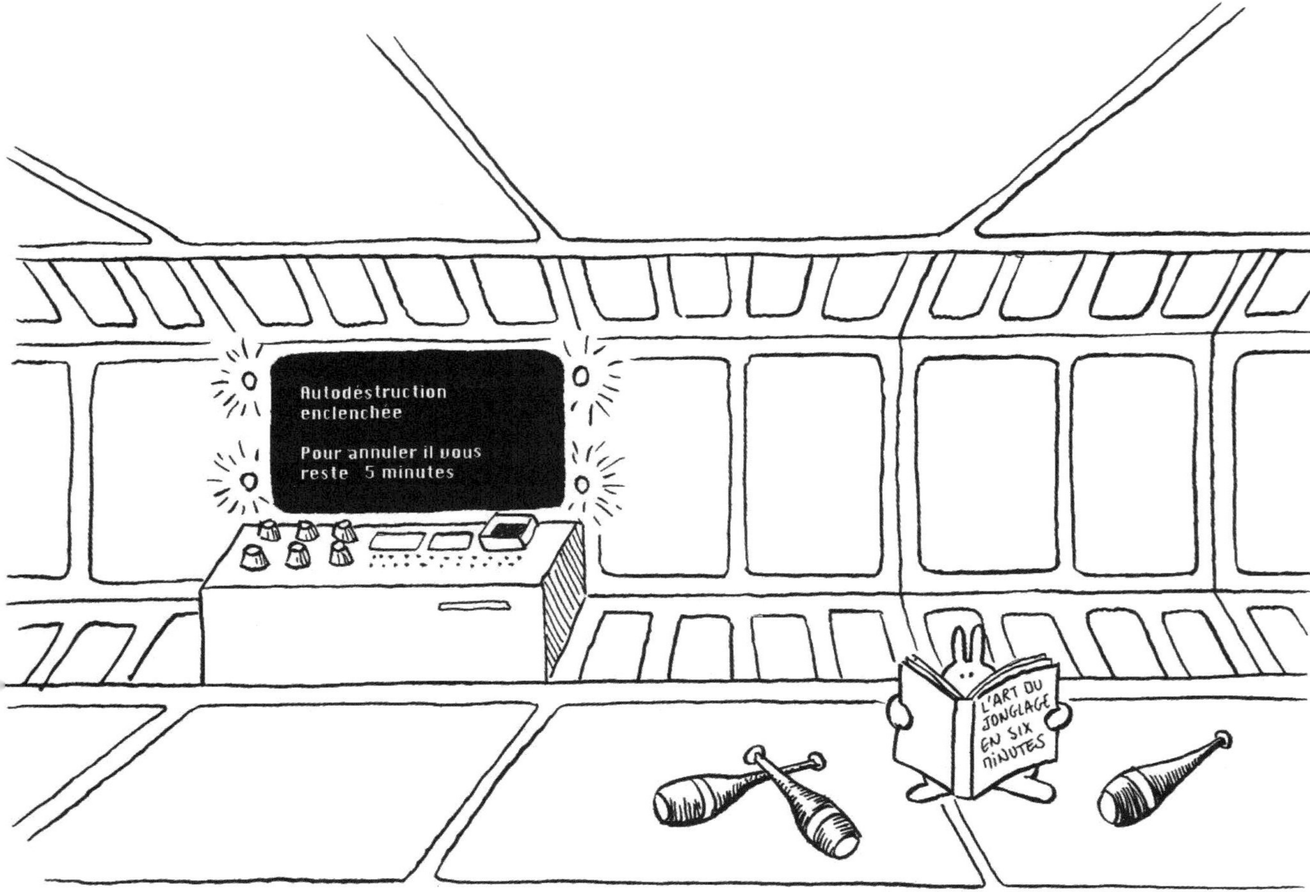
Autodéstruction
enclenchée

Pour annuler il vous
reste 5 minutes
L'ART DU JONGLAGE EN SIX MINUTES

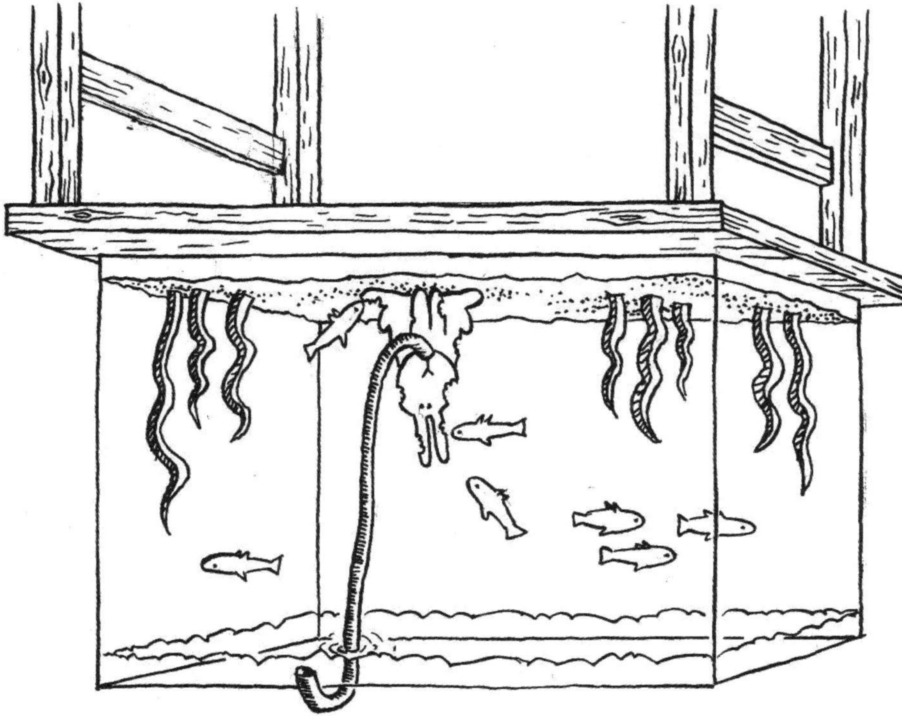

41

*CE DESSIN FAIT RÉFÉRENCE À LA SÉRIE CULTE DE LA BBC "DOCTOR WHO". LE HÉROS EST UN EXTRATERRESTRE QUI VOYAGE DANS L'ESPACE ET DANS LE TEMPS À BORD D'UN "TARDIS" (MACHINE AYANT L'APPARENCE D'UNE CABINE TÉLÉPHONIQUE); LE ROBOT SUR LA GAUCHE EST UN DALEK, ENNEMI REDOUTABLE DU "DOCTEUR".

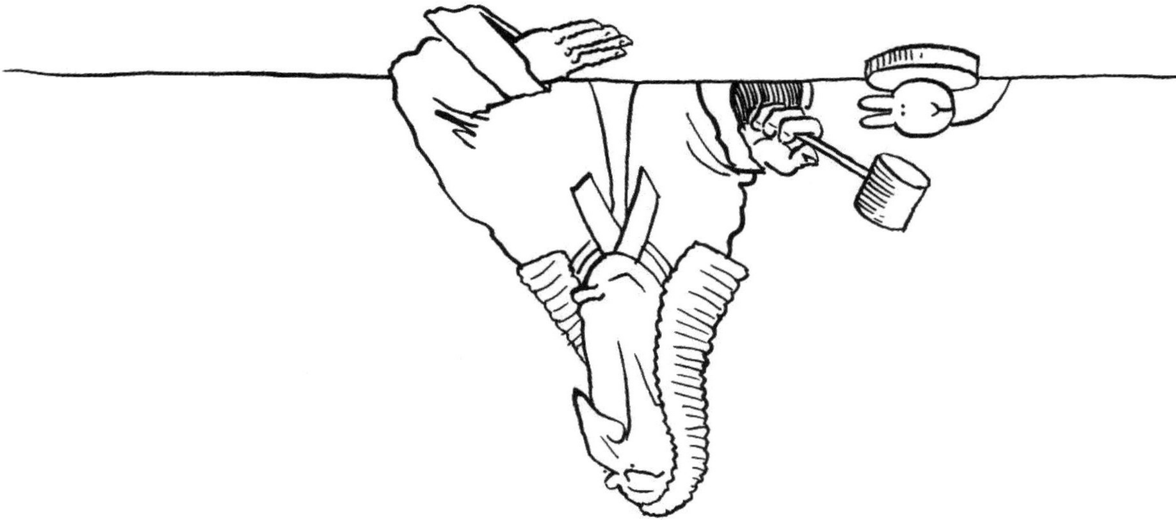

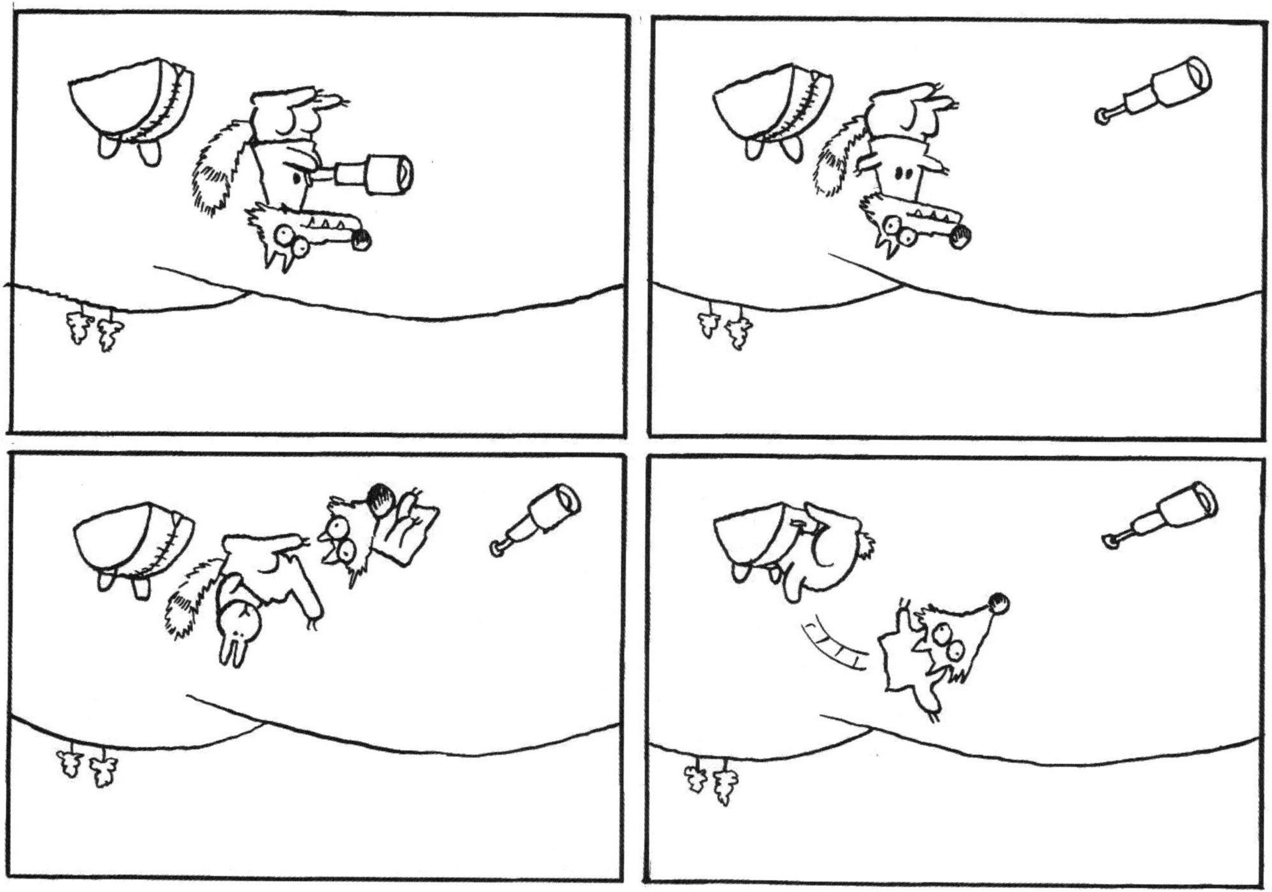

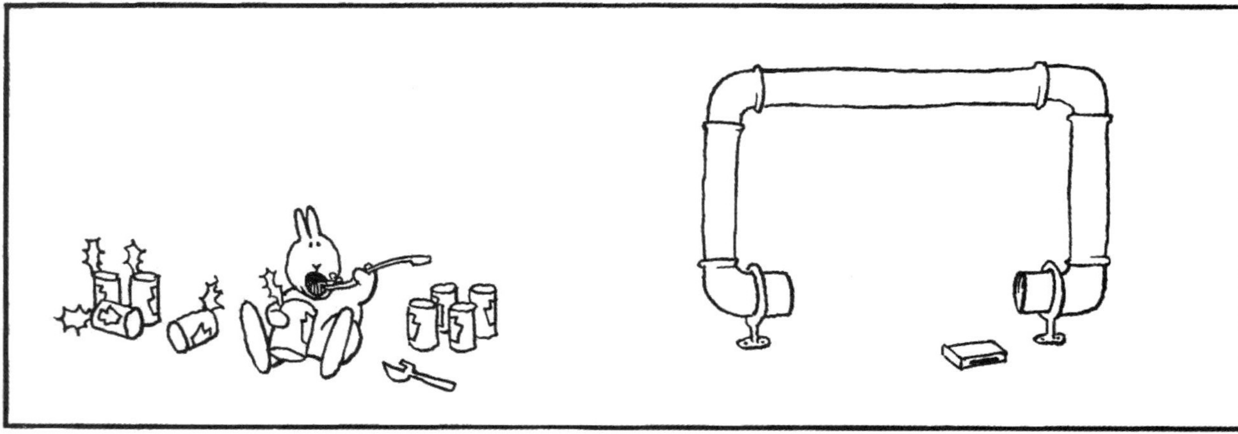

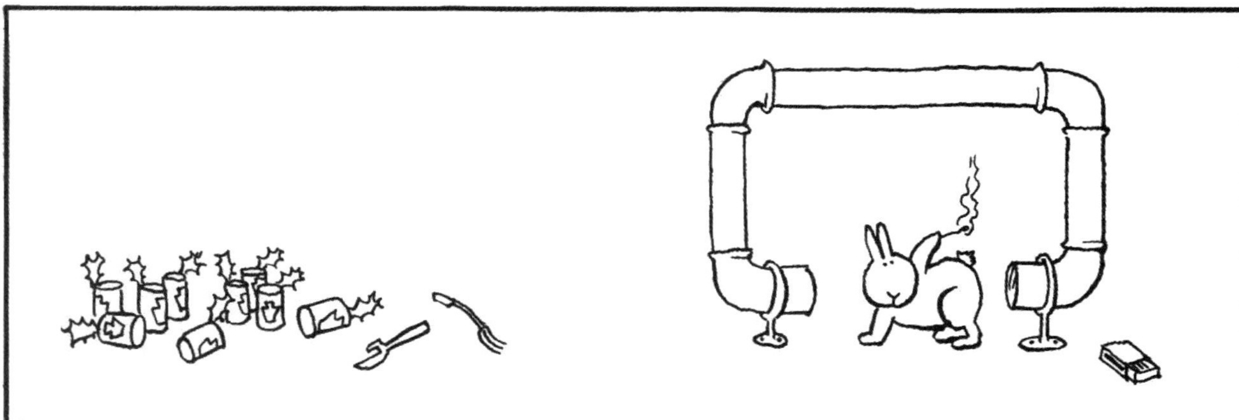

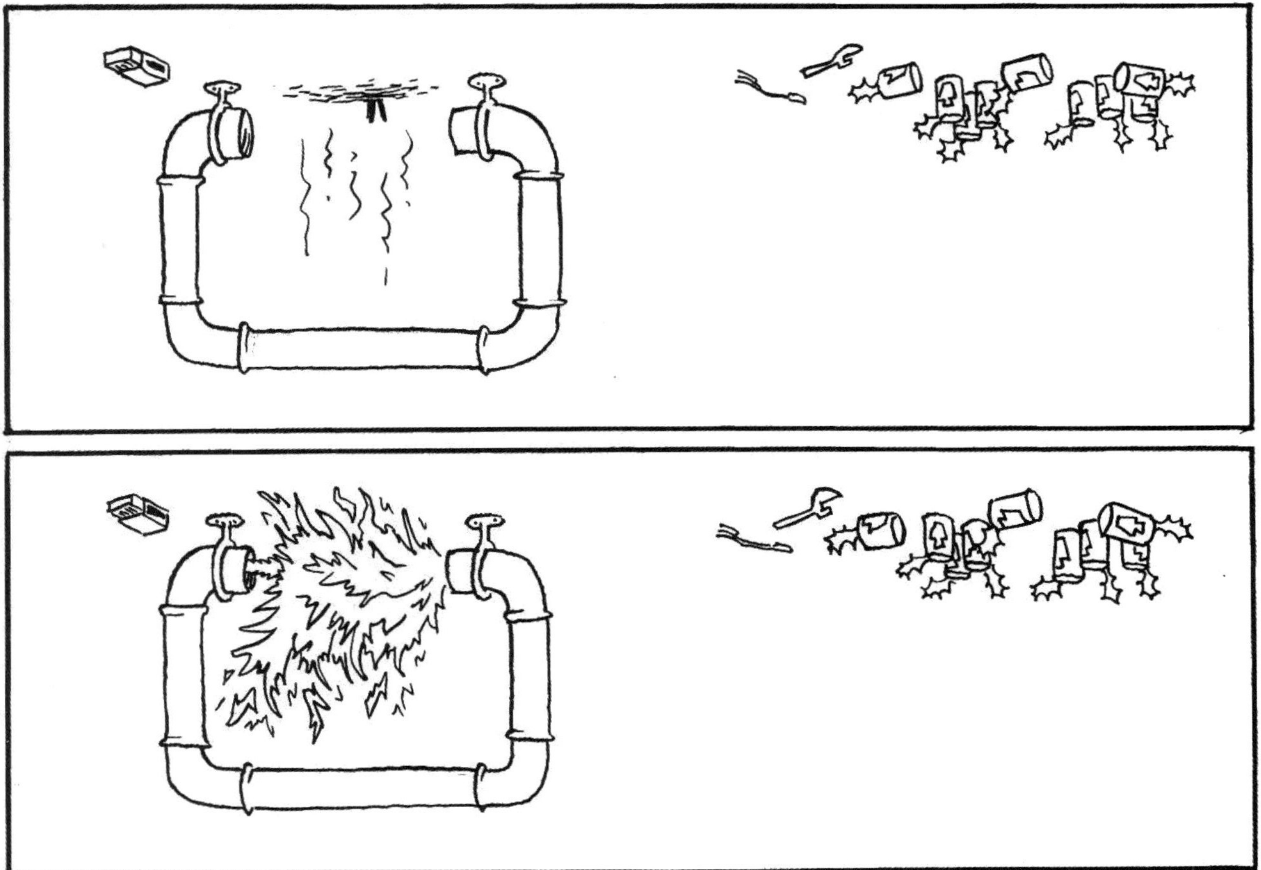

ON
OFF

3 BALLES
1€

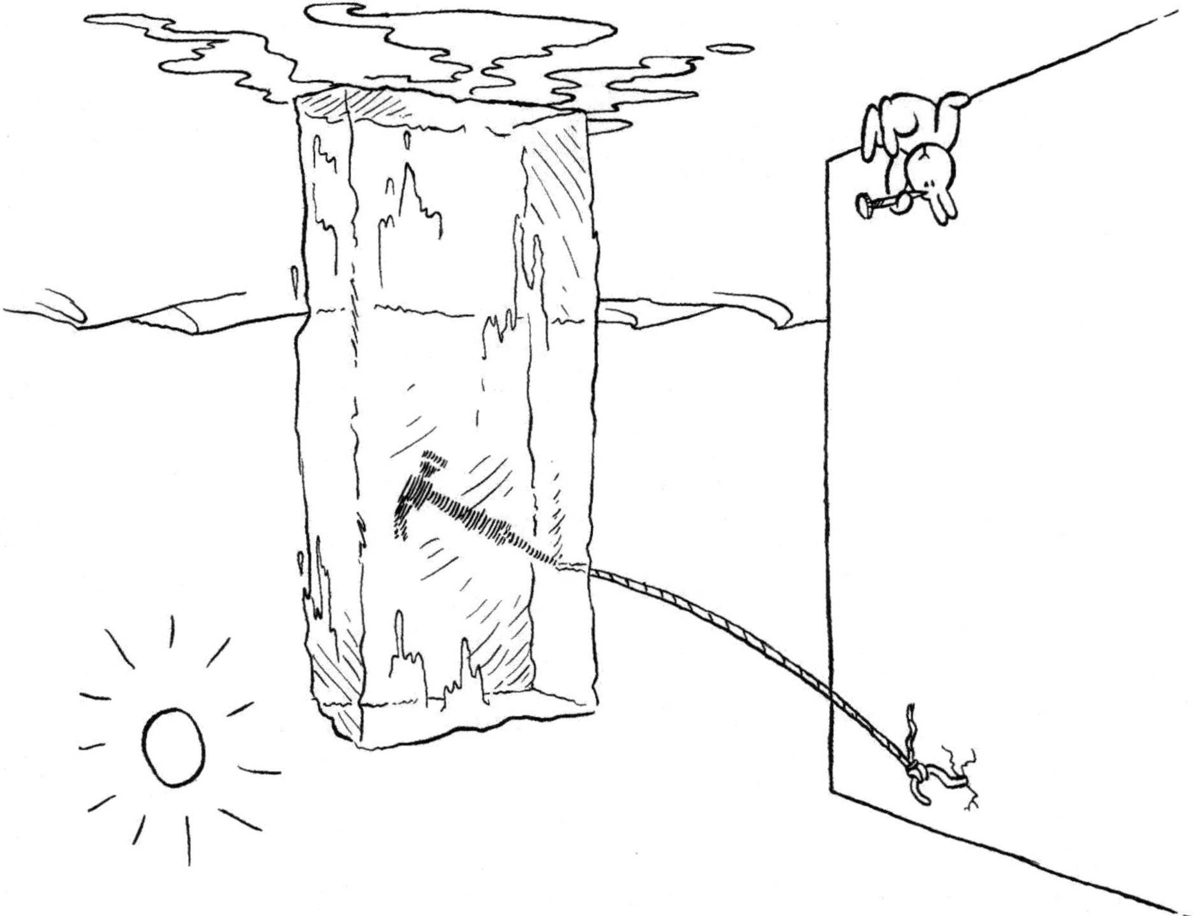

01700€
1000€
100€
500€
300€
200€
100€
500€
1000€
3950
1000€

ACIDE SULFURIQUE

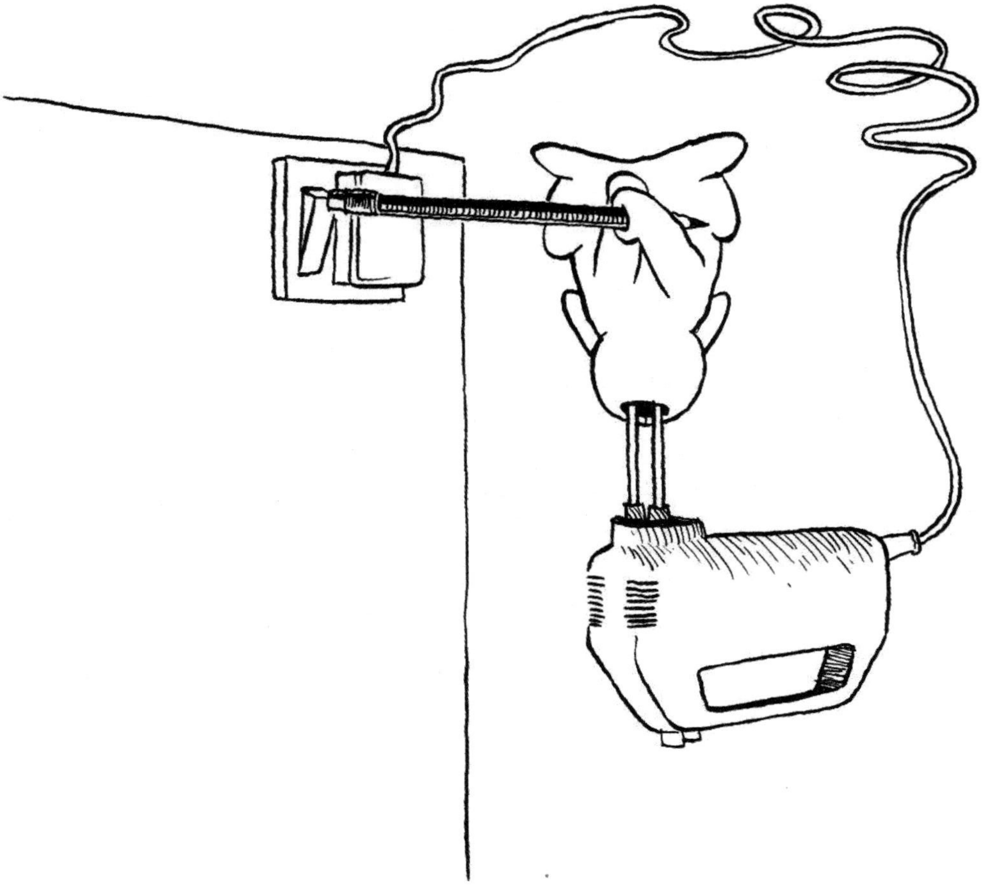

FAITES UN VOEU
FAITES UN VOEU
FAITES UN VOEU

DAILY NEWS
AUJOURD'HUI, LA TERRE VA TREMBLER
FOURCHETTES
COUTEAUX
CUILLÈRES

PLAYGROUND
PLAYGROUND

PLAYGROUND

PLAYGROUND

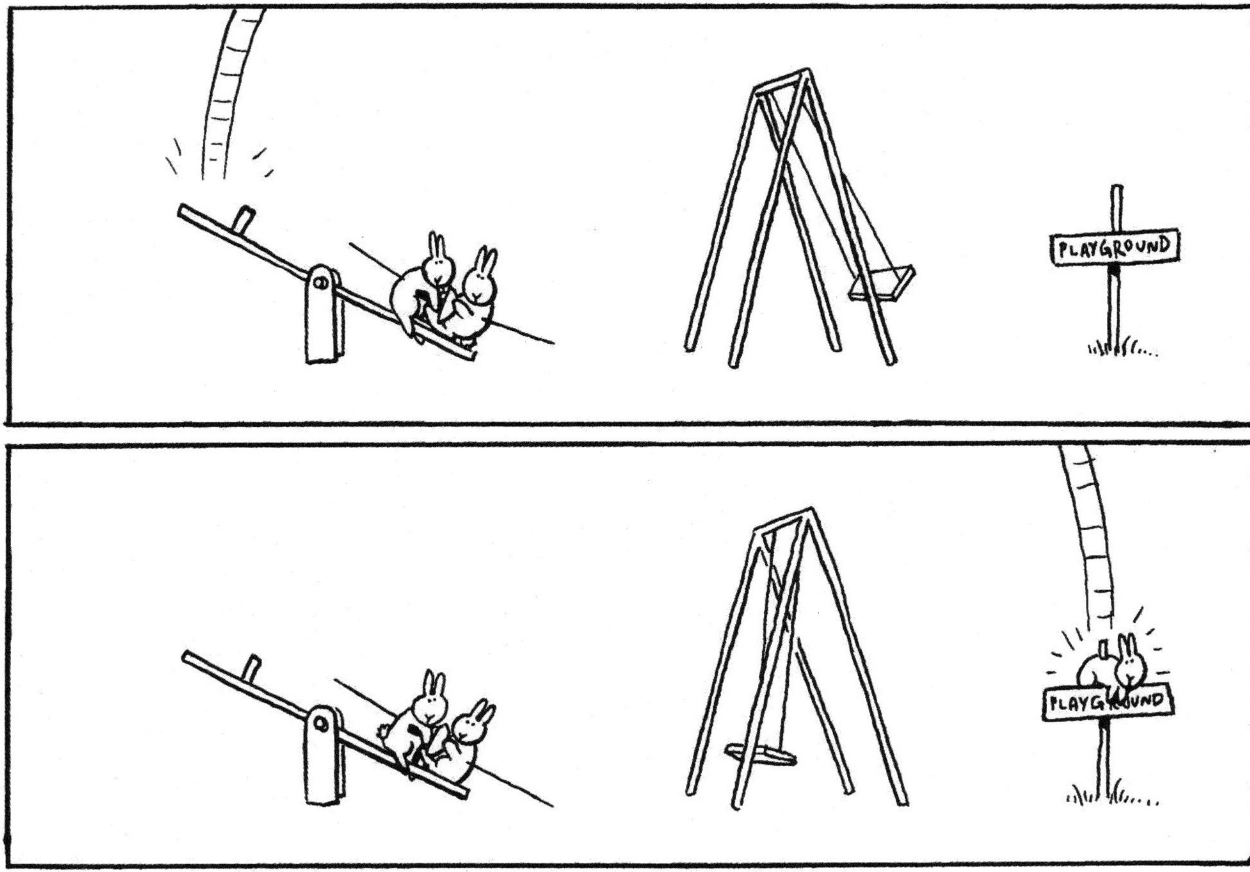
PLAYGROUND
PLAYGROUND

ÉPILOGUE